The poetical works of Joon Tae Kim

김준태 金準泰詩集 시집

光州へ行く道

The way to Gwangju

金準泰 (김준태)

金準泰詩集

光州へ行く道

序　生命と不二、平和の詩

金《キム》　準泰《ジュンテ》

詩人は銃を花で作って
銃と刀を溶かして農具を作る
「詩人」より

日本で私の詩集『光州へ行く道』が出版されることになり、まことに嬉しい。日本に対して歴史的に愛憎半ばの感情を抱いている人が多いが、年を重ねて韓国と日本は東北アジア、さらに世界平和のためにお互いに苦悩を分かち合いながら一緒に知恵を絞って連帯してきたところであり、私の日本での初詩集に対する喜びはとても大きく感じられる。

韓半島に住んでいる私の詩の話頭《テーマ》は、生命と平和と統一に集められているが、それは当然なことである。一九四八年八・一五解放空間で生まれた私の場合、日本帝国主義が招いた戦争で祖父と父が徴用と徴兵で日本の戦場に行かされたという先代の悲劇を体験しているし、家族が犠牲になった六・二五韓国戦争と私の本意ではないベトナム戦争への参禅（注・選び出されること）、そして軍事クーデターと多数の市民虐殺に抗拒する五・一八光州抗争を目撃しながら実に危うい状況を生き抜いてきた。こうしたことから私の文学（詩）は、究極的に「詩人は銃を花で作って／銃と刀を溶かして農具を作る」人だと意識しつつ創作活動を展開してきたのである。

分断七十三年になる二〇一八年（今年）の春から、韓半島は「統一過程時代元年」（Unification Process Period First Year）に入っているとみてよかろう。二〇〇〇年六・一五南北共同宣言以降、南と北は主体になって今までの対決構図を清算し、分断国家の問題をより能動的に平和的に解決するべき歴史的チャンスに直面したと見える。韓半島の歴史と未来に対する天と地の峻厳な命令がそれであるに違いない。韓半島の全ての悲劇、あるいは各種の悲劇的事件は国土分断から齎《もたら》されたものだろう。だから私の詩は、生命と不二（分かれではなく一つになる）、そして平和の産物として生まれ変わっていることを自分でも認める。

この時期に私の韓国語詩集『双子のお祖父さんの歌』『畑詩、インゲン豆』に続いて日本語詩集『光州へ行く道』が刊行されることになったのは、私にとって真に光栄なことである。日本語版の詩集刊行にあたって労苦を惜しまない韓国・全南科学大学の金正勳副教授と、日本・名古屋の風媒社の皆さんに感謝の言葉を伝える。特に日本の読者の皆さんのご健勝とご多幸をお祈りする。

二〇一八年一〇月

目次

第3部　希望と真実　79

第4部　五月から統一へ　113

第1部

ああ光州よ！

春夏秋冬

1．愛

だれも
つぶすことが
できない空、
あの丸い鏡！

2．絵

世の中で
もっとも書きにくい
絵は、赤ちゃんの顔！

3．花

春、花が
君の心を奪い、
あれほど赤い！

4．花

君なしに
一人で花を見ていると
まさしく済まなく
恐ろしく悲しい。

5．歌

詩が
いく

蝶々のように
詩が
くる
母のように

6. 詩

ペンで
書くものか
涙で書くものか

7. 山

山の中に入ってくると
全てが独りだ
木、花、石仏も

ただ山の中に
独りで入った僕だけが
独りではなく困り果てる

地異山を越えながら

僕は雲に言わなければならぬ
僕は風に言わなければならぬ
僕は小川のほとりの踏み石に言わなければならぬ
僕は木に言わなければならぬ
僕はタバコの吸い殻に言わなければならぬ
僕の言った言葉がとんでもなく
雲になったり風になったり
年が暮れる十二月、木として揺れたり
あるいは不眠の鳥となって飛んでしまうどころか
何気なく投げてしまう吸い殻になるどころか
僕は僕の言葉に名前を付けてやらなければならぬ

やかんの水が沸いたら溢れるように
そのようにそのように僕の全ての言葉を
世の中のあちこちにばら撒かなければならぬ
実は彼らの言葉である僕の言葉を
実は彼らの歌である僕の歌を。

柿の花

幼い時には落ちる柿の花を数えた
戦争の時には死んだ兵士たちの頭を数え
今は親指に唾をつけてお金を数える
だが遠い後日には何を数えるか知らない。

ああ光州よ、我が国の十字架よ

ああ、光州よ無等山よ
死と死の間に
血涙を流す
我々の永遠なる青春の都市よ

我々の父はどこに行ったか
我々の母はどこで倒れたか
我々の息子は
どこで死にどこに葬られたか
我々の可愛い娘は
またどこで口を開けたまま横たわっているか
我々の魂魄はまたどこで

破れてこなごなになってしまったか

神様も鳥の群れも
去ってしまった光州よ
しかし人らしい人達だけが
朝晩生き残り
倒れて、のめってもまた立ち上がる
我々の血だらけの都市よ
死をもって死を追い払い
死をもって生を探し求めようとした
ああ痛哭だけの南道の
不死鳥よ、不死鳥よ、不死鳥よ
太陽と月が真っ逆さまになって

この時代の全ての山脈が
でたらめにそそり立っている時
しかしだれも引き裂くことができず
奪うことができない
ああ、自由の旗よ
肉と骨で蟠《わだかま》った旗よ

ああ、我々の都市
我々の歌と夢と愛が
時には波のように寄せて
時には墓を体に引っ被るにしても
ああ、光州よ光州よ
この国の十字架を担ぎ
無等山を越え

ゴルゴダの丘を越えていく
ああ、全身に傷だらけの
死だけの神様の息子よ

本当に我々は死んでしまったか
これ以上この国を愛することができないように
これ以上我々の子供たちを
愛することができないように死んでしまったか
本当に我々はすっかり死んでしまったか

忠壮路で錦南路で
花亭洞で山水洞で龍峯洞で
池元洞で陽洞で鶏林洞で
そしてそしてそして……

ああ、我々の血と肉塊を
飲みこんで吹いてくる風よ
やるせない歳月の流れよ

ああ、生き残った人たちは
全部罪人のように頭を下げている
生き残った人たちはみな
ぼんやりして食器にさえ向き合うことが
難しい　恐ろしい
恐ろしくてどうすることもできない
(あなた、あなたを待ちながら
門の外に出てあなたを待ちながら
私は死んだのよ……彼らは
なぜ私の命を奪ったのでしょうか

いや、あなたのすべてを奪ったのでしょうか
貸し間暮らしの身でしたが
本当に私たちは幸せでした
私はあなたによくしてあげたかったわ
ああ、あなた！
しかし私は子をはらんだ身で
このまま死んだのよ　あなた！
すみません、あなた！
私に私の命を奪って
私はまたあなたの全部を
あなたの若さ　あなたの愛
あなたの息子　あなたの
ああ、あなた！私が結局
あなたを殺したのでしょうか）

ああ、光州よ無等山よ
死と死を切り抜けて
白衣の裾を翻す
我々の永遠なる青春の都市よ
不死鳥よ、不死鳥よ、不死鳥よ
この国の十字架を担ぎ
ゴルゴダの丘を再び越えてくる
この国の神様の息子よ

イエスは一度死んで
一度復活して
今日まで、いやいつまで生きるといわれたか
しかし我々は数百回を死んでも

数百回を復活する我々の真の愛よ
我々の光よ、光栄よ、痛みよ
いま我々はさらに生き返る
いま我々はさらに逞しい
いま我々はさらに
ああ、いま我々は
肩と肩、骨と骨をくっ付けて
この国の無等山に登る
ああ、狂うほど青い天に登って
太陽と月に口づける

光州よ無等山よ
ああ、我々の永遠なる旗よ
夢よ十字架よ

歳月が流れれば流れるほど
いっそう若くなっていく青春の都市よ
いま我々は確かに
固く団結している　確かに
手を繋いで立ち上がる。

（著者注）「ああ光州よ、我が国の十字架よ」（Oh, Gwangju! Cross of Our Nation!）は、一九八〇年五月、韓国の南部にある都市光州で戒厳軍の銃と刀に立ち向かって起こった「五・一八光州抗争（Gwangju Upring）」を最初に形象化した詩で、同年六月二日付『全南毎日』（二カ月後軍事ファッショ政権によって強制的に休刊させられた）新聞一面に掲載され、すぐアメリカ、日本、中国、ドイツ、フランスなど世界の言論機関に発表された。

豆粒一つ

だれが落としたか

末娘のところを訪れる
しわだらけの田舎の祖母の
穴のあいた包みから
出て落ちただろうか

駅前の広場
アスファルトの上に
踏まれ、転がる
青い豆粒一つ

僕はそのどえらい生命を取り上げ
都会地の外に出て

川向こうの畑の畝に
深く深く植えてやった
その時四方八方から
夕焼けが私を見つめていた。

女の愛は銃弾よりもっと遠く飛んでいく

女は弱いのではなく
女はつまらなく馬鹿みたいな
男たちよりもっと強い
その日石ころの中に走っていく者たちはだれだったか
その日刃の中に走っていく者たちはだれだったか
その日火の中に銃弾の中に走っていく者たちはだれだったか
その日人を助けるために泣き叫びながら走っていく
おお、闇の中に埋もれた者たちはだれだったか

だれもいなかった　だれもいなかったが
遠くの園から赤い月が出て
女たちは生命を抱こうとして走っていった

（女の乳は男たちの血より強い）
女たちは旗を探そうとして
旗を探して人の骨を立てようとして
破れたチマを着て熱い胸で走って行った
世の中にありふれた馬鹿みたいな男たち
見ろ、女の愛は銃弾よりもっと遠く飛んでいく
銃弾よりもっと遠く飛んでいき
殺される時にはとうとう乳房でとめて
生かすべきものはついに生かしている

おお、女！　火の中でも
花として咲いて見せる怖い女
この世をいつかは救い出してしまう女

感激の女、人類の最後の顔！
人類の最後の夢で固まった女！

刀と土

刀と
土が闘うと
どちらが勝つか

土を
刺した刀は
あっという間に

土がついて
錆びてしまった。

火か花か

ある人は火の道をいくが
ある人は花の道をいく
ある人は火の歴史をいうが
ある人は花の歴史をいう
ある人はわめきの道をいくが
ある人は歌の道をいく

君たちよ　真実の生は火か花か
愛の真実の道は火か花か
火は夜の闇を照らすが
花は昼の闇を照らす
火が血の刀を溶かしてしまう時
花は血の刀をぬぐい取る

ある人は火の道をいくが
ある人は花の道をいく
ある人はわめきの道をいくが
ある人は歌の道をいく
ある人はわめきと歌の道を共にいく
ある人は火と花の
道を共に共にいく。

お前

僕がご飯を食べる時、お前は死んだ
僕が酒を飲む時、お前は死んだ
僕がお金を数える時、お前は死んだ
僕が嘘をつく時、お前は死んだ
僕と家内がぐっすり眠る時、お前は死んだ
僕が風呂場で体重を測る時、お前は死んだ
僕が涙を流す時、しかし
お前は天に上がった。

畑の女

1

女はだれかの子を産んでいた。燃える家を飛び出し女はだれかの、だれかの子を産みながらだれかの、だれかの、だれかの、だれかの、だれかの子を産みながら泣いていた。そして女は巨大な死のように生まれていた。そして女はまたある巨大な生のように生まれていた。

おお、血の塊の子と一緒に生まれる女の死、女の生殺しの生！　その時畑は女のあがきを受けて生き生きになっていた。銃の音の中で、銃の音の中でも

……

2

女は男の服を縫っていた。女は男の影も深く深く
縫っていた。女は男が残した息吹さえ縫っていた。
男が残した数滴の涙も探して縫いでいた。生きようと、私たちも
生きようと、女は何回も自ら誓いながらからすきの爪を
拭いていた。さらいも拭き、てぐわも拭き、鎌と砥石も拭き、
そして女はしょいこを担いでいた。おお、その時女のしょいこの上に
差した夜明けの太陽、夜明けの遠い道！

3

鳥たちが飛んでいた。草葉の上に座った霜がまん丸くラッパを吹いて

女は田起こしを始めた。「田起こしは男たちだけがやるものではない」と女はそう呟いた。遠い村から子供が乳を飲ませるようにと催促した。女は再び村に駆けていき子供をおんぶしてきて田起こしを続けた。女の乳房から流れ落ちた汗しずくが大地を濡らしていた。足裏の下で打ちのめされた土《つち》塊《くれ》が青々と芽を育もうとした。新芽！女はいきなり川の音を聞いてまもなく緑の大地は彼女の明日のように広がっていた。おんぶした女は背中の子供に念を押すように言った。「坊や、お前の母がまた子を産めるように、私たちはつねにやり始めるのよ」。西の山に日が暮れるまで女は田起こしをしながら大地に深く汗しずくを混ぜた。

この世になくなるものは一つもない

悲しむな
絶望するな
挫折するな
そしてがつがつ食べろ
そしていきいきと生きろ

この世には
なくなるものは一つもない
川が流れ鳥が飛んだ
はるかな昔から

バラの花に
水玉がついて転がるように
この世、天地にあるすべてのものは
そのようにまるくそのように
完璧な夢で濡れている

なくなること　壊れること
穴が開いたり押しつぶされること
それはただ私たちに
違う形に見えるだけ

それは深い海中の魚のように
ひれ一つでも失わず
時には青い花火を弾く

今日　悲しむな
今日　絶望するな
今日　挫折するな
広がる空を眺めながら
嘆き悲しむ者は
雷に打たれて死ぬだろう

天と地を見ながらも
絶望する、挫折する者は
悪魔と豚になってしまえ
ああ、この世は
子供に乳を飲ませる
母と高嶺でいっぱいで

畝間に種をまく
父と春雨と神様でいっぱいだ

ああ、この世は
子供に乳を飲ませる
母と高嶺でいっぱいで
畝間に種をまく
父と春雨と神様でいっぱいだ

ああ空の下
隙間なく花咲いている
人の人らしさ！
人の涙と胸元！
そして人の温かい両手！

ゴマを投げ打ちながら

山陰の畑の隅でおばあさんとゴマを投げ打つ。
見たところおばあさんはゆっくり棒を振り回しているが
暗くなる前に家に帰りたがる若い私は
一回を打ち下ろすにも力を加える
世事にはよく味わいにくい快感が
ゴマを投げ打つことにはまれにあるようだ。
一回を投げ打っても数え切れないほど
ぼろぼろこぼれ出る無数の白い中身
都会で十年近く生きてみた私としては
あまりにも楽しいことなので
口笛を吹きながら何束でも投げ打ち続ける。
どこでも一回のみ気持ちよく打ち下ろすと

人もゴマのようにぼろぼろこぼれ出ることが
いくらでもあるだろうと思いつつ夢中で投げ打つところ
「坊や、首根っこまで投げ打たれたらいけないよ」
気の毒に思うおばあさんの叱りを聞いたりした。

正月丹心

雪の積もった畑に行って
天地を仰いだら
三冬の刀先　口に加えたにんにくの芽
辛い味忘れまいためか
雪の中でさらに青い。

清川江

まぶしい
小石一つでも
捨てずに
欠かさずに
洗いおとす
流れていく　ああ、清川江。

〔著者注〕清川江：旧名は「薩水」で、〔北朝鮮中部の〕妙香山に源を発し、西海〔黄海〕に流れる。

西山大師

幼い時、海南大興寺表忠祠の前庭で出会った西山大師様が
いまだに亡くならず妙香山普賢寺酬忠祠に住んでおられた。
仏様が落としたカラシナの種の中から須彌山の風音と共に歩いてきて
六・二五戦争の時、爆弾洗礼を受けても生き残ったと大きな牛のように笑われる。
統一になると、妙香山のカラシナの種の中に再び入って休むと言い、にっこり笑われたが
まさに殿様はカラシナの種の中に須彌山を入れたり引いたりする方だった。

（訳者注）西山大師：朝鮮王朝時代の高名な僧で、文禄・慶長の役では義兵の総指揮官として日本軍と激戦を繰り広げただけではなく、加藤清正や徳川家康と会談し、講和条約を結ぶなど外交的にも大きな活躍を果たした。

香り

蘭の香り—
器に盛ることができない

七百年の青磁の器、五百年をはるかに
上回る白磁の器にも盛ることができない
死んだら蠟燭のろうのように溶けてしまう人たちの
体だけにその香り殷々と盛ることができない

生きて泣いて笑う人々の丈夫な命だけが
花のツボの如くその香りを入れ込むことができよう

ああ、ひびが入るか心配し神様もたいていのことでは
少しも手を触れない人の暖かい体！

光州に捧げる歌

その年五月
光州は月も明るかった
湖南線の特別列車で
ヘリコプターで群がってきた吸血鬼たちが
市街地のあちこちを荒廃させる時

光州はしかし
月も丸くて明るかった
家ごとに道路ごとに
侵略者のような夢遊病者たちが
血に飢えて暴れる時

あの年五月
光州は果てしない海だった
カモメが飛んで
帆が上がって
波が打つ海だった
島、島々も人たちで泣き叫ぶ

その年五月
光州は孤独な十字架だった
虐殺者らが黄狗を燻しながら
真っ赤に笑う時
神父と和尚さんも引きずられ
睾丸が割れるほど殴られた時

その年五月
光州は折れた十字架だった
裸にされ投げ捨てられた仏の裸だった
しかしその年五月
光州はまた何回も
立ちあがる不死鳥！

ああ、その年五月
光州は月も明るかった
人たちの心が川のように流れ
道端の街路樹も肩を組んで
人間の世、統一の世、カンガンスルレだった。

銃剣だけを持った悪魔たちが
何もかも狂ったようにさらけ出しても
あちこちの市街地が麦畑で揺れ動いて
人びとはお互いを大切にして
この地の行くべき道に向かって
肉と骨の旗を振った
ああ、あの年五月光州は

一緒に住む楽しみがあった
一緒に倒れて死にながらも
一緒に立ちあがって生きてみせる
空のような空のような閃きがあった。

（訳者注）カンガンスルレ：月夜の下で女性たちが輪になって歌と踊りをする民俗円舞。

第2部

鳥たちの歌

道

どこに
いけば道が見えるだろうか
私たちが行くべき

道が
どこで揺れているだろうか

時には人の中で道に迷って
時には人の中で道を探して
人たちがそれぞれぶら下げて歩く体が
ついに道だと知ってびっくりする喜びよ

ああ、そうか、そうか
都市の郊外、その畝間の端で
涙ぐんで輝く瞳よ

土と互いの体内に種をまく人がほかならぬ道だった。

双子のお祖父さんの歌

一人をおんぶするともう一人が
おんぶしてくれと強請《ゆす》りながら泣く。
ええままよ、なるようになれ！

二人を一緒におんぶしてあげると
二人とも気持ちよく笑う
南と北もそうなってほしい。

星

天より
人たちの間から
もっと輝くために
眠れない、星は！

月

月の国には
死んだ人たちが生きています。
それで、
月は明るいのです。

墓地に対する断想

王は死んだら
墓を残すが、

百姓は死んだら
風を残す
山を越え海を渡って。

蚊のなく声で

僕は蚊のなく声でいう
君たちが聞けないかもしれないが
僕は蚊のなく声で、もしかすると蚊のなく声よりも
もっと小さい声だが、Ｇａｚａ地区の赤ちゃんたちを
殺すなと叫ぶ　妊産婦の腹の底まで
揺るがす絨毯爆撃でだれが、悪魔たちが

あれほど美しい赤ちゃんたちの瞳から光を
奪っていくのか　生命のスペクトルを打ち砕くのか

僕は蚊のなく声でいう
僕の母国語　Korean language
爆撃につぶされた赤ちゃんたちの頭蓋骨を
一㎜も撫でることができなくても　僕の憤怒が
イスラエルとハマスの交戦中止を呼びかける
交渉のテーブルでいきなりコードが緩んでも

蚊のなく声よりもっと小さいが僕はいう
赤ちゃんたちを殺すことは神を殺すことだと
いかなる戦争も平和に代えることはできないと

いかなる平和も戦争を通じては成し遂げられないと
東方の小さな国、二つに分岐している地で
これ以上Ｇａｚａ地区の赤ちゃんたちを殺すなと
叫ぶ、わめく、羽ばたく、蚊のなく声で！

兄弟

小学校一、二年生の子供だろうか
光州市蓮堤洞の蓮*の町にある風呂場―
背の高い八歳ぐらいの兄のやつが
まだ幼い六歳ぐらいの弟を

垢擦りのベッドの上にぐったりと寝かせて
お尻、肩、足の裏、腹、股間のすみまで
手を入れてまるで彼の母のように垢を流していた
両方の睾丸もきれいにピカピカふいていた
それが見た目にもとても良くてずっと眺めていた私は
「兄弟よ！ 老いて死ぬ日まで互いにそんなふうに暮らしなさい！」
つぶやきながら急に涙をこぼしてしまった。

元曉*

慶州南山の頂上
石仏のお腹を開き

瑤石公主*を背中に背負って
王宮から出る大僧正

××××××××

わが元暁様いよいよ来られる
東西南北の壁楦*の作業を終え、
横たわって天井を上げる渦線*を終え、
白い服を着て石中に入っていかれる
踊りながら鉄のような石の中に
入って丸い太陽を手にもって出られる
踊りながら鉄のような時空の中に
入って丸い月も手にもって出られる
ドンドン叩き、石中の蓮の花を折って出られる

××××××

元暁は義湘*に述べた。三国統一にならなくてもいいので、どうか
戦争はやめようと。元暁は血を吐きながらアキグミの木魚を打った。
高句麗、百済、新羅の人たちは刀で相手を殺してはならないと。
究極的には統一しなければならないと……。それで唐の国にいく途中で
踵を返した。
彼の悟り、骸骨に溜まった水*も、和諍思想*も一切唯心造*の思想も
こうして慶州吐含山の石窟庵大仏となった。
最近の言葉でいえば中国もアメリカも行かず、
ロシアも日本も行かず、韓半島三千里の石窟庵大仏となったのだ。

（訳者注）
元暁（がんぎょう）：新羅の華厳宗の僧侶で、教学と論争にすぐれた人物であった。六五〇年、義湘と一

緒に唐に渡ろうとしたが、高句麗軍の妨害で実行できなかった。本名は薛思（せっし）である。
瑤石公主：太宗武烈王と寶姫夫人の娘で金歆運に嫁に行くが、金歆運が百済との戦闘で死亡し、元曉の妻となる。
壁楦：柱と壁に付ける木。
渦線：原点を中心に遠ざかりながら回転する曲線。
義湘：新羅時代の僧侶で、華嚴宗の開祖。
彼の悟り、骸骨に溜まった水：高句麗軍の妨げで唐に入れなかった元曉は、六六一年再び実行するが、偶然骸骨に溜まった水を飲んで、「真理は遠くにあるものではない。枕元で甘く飲めた水が、起きた後に骸骨に溜まっていたことを知った時、気に障り吐きたくなった。だが、世の中への認識は心にこそある」という悟りを得て帰ってきたという話は有名で韓国の歴史教科書などを通じてに広く伝わっている。
和諍思想：元曉の和解、会通の思想。
一切唯心造：すべての現象や存在は、自分の心が造り出したもので、心のほかに何物も存在しない。

錦南路への愛

錦南路は愛だった
ぼくが歌と平和に
目覚めた春の丘だった
人々が歳月に頭を濡らす通り
ぼくが人である事実を
初めて初めて知った通り
錦南路は薄い緑色の川の丘だった
月見草を振りながら飛ぶ水鳥
錦南路の人々はみんな唇が濡れていた
錦南路の人々はみんな麦笛を吹いていた
子供と並んでゆらめく錦南路

母と並んで畑へ行く錦南路
父と並んで田起しする錦南路
祖母と並んで孫たちを背に負う錦南路
祖父と並んで栗の木を植える錦南路
姉と並んで柿の花を拾う錦南路
錦南路はタンポポと蝶々の故郷だった
懐かしさの深くも深い粘り強さだった
よし、いいぞ！　錦南路は遠くの
青山にいく道だった　よし、いいぞ！
錦南路は近くの町に通り掛る街
錦南路は母のちぶさだった
ぼくたちが一時、頭をうずめて泣いた
母の白い胸だった。

美しい伝説

昔も昔、本当に遥か昔の話だった
ある国、ある町、ある有名な村に
額に角が生えた人が住んでいたというが
何の意地悪か、山々に登ると使えそうな
やつがないとし、木を全て切ってしまったという
一本も残さずに斧で倒したという
（しかし林が林であることは柱の材のみならず
使い物にならない木たちも生きているから林になるもの！）
まっすぐ伸びた木が普通の家の柱材として使われる時
冬の吹雪が押し寄せたその日、役に立たない木は
貧しい人たちのかまどの奥に燃え上がるものだ

雪が降る

雪が
降る
白頭山に
ああ
白頭山に
雪が降る

二四
の峰
将軍峰に
白雲峰に

玉柱峰　麻天隅に
梯雲峰　楽園峯　臥虎峰に
冠冕峰　ジェビ峰　團結峯　海抜峯　ビル峰に
嚮導峯　ジャアム峰　華蓋峰　鉄壁峰　天文峰　紫霞峰に
天豁峰　龍門峰　觀日峰　錦屏峰　芝盤峰　二重虹《サンムジゲ》峰に

花
花の中に
空まで
一杯
花びらの中に
雪が
降る

数千万
蝋燭の火！蝋燭の火！蝋燭の火！

白く
なびく
あの花火の饗宴！

天

地

人

ああ
白頭山に
雪が降る　永遠に――

天地に僕でないものはなく
君でないものは一つもない

目に見える全てのもの
目に見えない全てのもの
みんな僕でみんな君だ

耳に聞こえる全てのもの
耳に聞こえない全てのもの
みんな僕でみんな君だ

手に触られる全てのもの
触られない全てのもの
みんな僕でみんな君だ

鼻で臭いが嗅げる全てのもの
臭いが嗅げない全てのもの
みんな僕でみんな君だ

舌につけられる全てのもの
舌につけられない全てのもの
みんな僕でみんな君だ

天地に僕でないものはなく
君でないものは一つもない

ああ、全てのものは僕になって花咲き
全てのものは君になって香り一杯だ。

パブロ・カザルスの演奏「鳥の歌」を聞きながら

鳥が
飛んでくる

四月の夜
遠くの星から
鳥が飛んでくる

天から地上に
長く横たわったチェロ一つ

その青い

弦を踏みながら飛んでくる
カタルーニャの鳥の群れ

Peace, Peace, Peace

鳥が
飛んでくる
ああ、コリアの空に

長く横たわった
チェロをひきながら
風と雲の
眉にぶら下がった

鳥が
飛んでくる
愛と涙
音楽の符号たち……
Peace, Peace, Peace!!

（著者注）パブロ・カザルス：スペインのチェリストで、ピカソと同じくカタルーニャ出身。カタルーニャは一九三七年のスペイン内乱前後、独裁者フランコに対する激烈な抵抗と闘争を展開した。

光州川辺で

光州川辺を歩いていた
その瞬間、踏むかもしれず

びっくりして体を引いた
首が落ちたままの紫薇《シビ》の花
その赤い花の端あたりに
幼虫が転がっていた
危うく大きな天を一つ
踏んでも構わないというように
平然と遠くまで歩くところだった
ああ、天の中にまた見える天
天の外にまた見える天！
まかり間違って踏むところだった
白い鶴が飛び始めた
光州川の極楽江辺だった。

（著者注）量子力学で広く知られるドイツの物理学者ハイゼンベルクは、あの天空の宇宙には数え切れないほどの天と天が無数に存在すると述べた。

希望

——光化門で

犬にも
餌をやると
おしっこをしながらも
地図を描く
統一韓半島!!

古稀

「ああ、おれがこんなに長く生きたか。
すべて女房のおかげで長く生きたね。
韓国戦争（六・二五戦争）時には地の果て*ノブチェの谷*
軍隊に行っては遠くの国ベトナム戦場、
五・一八集団発砲の時には錦南路三街カトリックセンターで
やっと生きて帰った私に…ご飯を食わせて
服を聞かせて座り込むと起こしてくれて…」
そんなことを一人ごち、呟くと
六・一五宣言記念平壌祝典の時だったか、
妙香山で三千ウォンで買ってきた馬儇木酒*
一杯飲みながら鼻歌を歌うと

睾丸がついた九歳の双子の孫たちが
何も知らないくせににやりと笑う。
そうだ、この笑いを見るために長く生きたのだろう。

（訳者注）
地の果て：全羅南道海南郡にある地名。
ノブチェ：地の果てに近くにある谷の名前
馬價木酒：ナナカマド酒。

僕は神様を見た

人間性への信頼を失ってはならない。
人間性とは大海のようなものである。
たとえ、ほんの少し汚れても、海全体が汚れることはない。
―マハトマ・ガンジー

一九八〇年七月三一日
暮れてゆく午後五時
東の空に見える入道雲の上に
その何とも言えない姿で
座っておられる神様を
僕は光州の新安洞で見た
体が痛くて酒が飲めず
その代わりにコーラでのどを潤しながら
僕は本当に神様を見た
僕は本当に神様を感じた

一九八〇年七月三一日午後五時
入道雲の上に座っておられる
僕に充満してくる神様を
僕は光州の新安洞で見た
その後胸いっぱい膨らんで
世の中のだれもが好きになった
僕の体がリンゴのように赤くなって
人びとが素敵で気が狂うほど好きだった
この隠せない歓喜の瞬間
世の中の人びとだれでも抱いて
結婚初夜のように息巻きたくなった。
ああ、僕は絶望しない
ああ、僕は憎んだり泣いたり

ぼうっとなって彷徨《さまよ》わない
命がついているものであれば
ハゼ一匹でも大事にしたい
ああ、息がつくものなら何でも
人が作るものであれば詰まらないものであっても
口づけて口づけて、また口づけて生きたい
千万回愛することにこって、十二回変身しても
この世の穴《めど》にまで口づけたい
愛することにめまいがするよう口づけたい
ああ、僕は本当に神様を見た

蛇足：私は有神論者でも無神論者でもない。率直に言って幼い時、僕の祖母は巫女がとても好きで、また私にもそれを強要したので、僕はせいぜい化け物しか想像できない。ともかく僕は、ライナー・マリア・リルケが彼の詩「君は待ってはならない」で

神様の存在を歌ったのを覚えているが、その全編を紹介すると次のようだ。

神が来て〈僕は存在する〉というまで／君は待ってはならない／彼の力を自ら明かす／そのような神に意味はない／最初から君の内面に／神が風のように立っていることを知るべきである／そうして君の心が盛り上がり、秘密を守る時／神はその中で創造をする

ところでそれは神様に問いかけた時の、モーゼの「I am who I am」という言葉に相応、あるいは同一なニュアンスを持っているように見えるが、私などがろくに知るはずはない。ニーチェが悩んだ「Gott ist tot」という大きなテーマも何が何だかさっぱり分からないでいるし、しかもラインホルド・ニーバーが相対的な視点からニーチェとぶつかった「There is no God」の意味も分からない。ユダヤ人のメシア思想も分からない。しかし僕は、soma（ギリシア語で、英語では The Body of Christ という）つまり、神様を見てしまったのだ。僕のような者も神様を見てしまったので……。ジファジャ ジョクナ。* ジファジャ ジョクナ。世の中で生きていく甲斐がある。

（訳者注）ジファジャ ジョクナ：歌舞の調子に合わせて、興に乗って唱える囃言葉。

第3部

希望と真実

川の丘

風はどこに吹いていくのか
ノイバラがつれている川の丘
遠くから船を駆る音が聞こえて
少年は長々と腰を曲げる
夜ごとに村に入ってくる渡し舟の客たちが
黄狗を捕まえてわら火で真っ赤に焼いた
ああ、その時小山にはまん丸い月がのぼって
大人たちはポプラの森の向こうに消えていった？
お腹がすいたか、父に会いたくなったか
少年は震える手を握って涙のみをふく
野生のエンドウ豆を舌で転がしてもぐもぐし

沼のように降り積もった囁く地面に
カワセミのくちばしのような指も突っ込み
真っ黒な列をなしたアリの群れを見る
ツチイナゴ一匹を連れて行ってしまった
アリの群れをはるかに眺めながら
少年はもしかすると神様を呼んでいた
ああ、夜がまた来るのだろうか
貝墓が洗われる川の丘
青い翼の中に暴風を隠したキリギリスが
どこから泣きながら飛び立っていた。

夜の街のシャンソン

歳月が流れる
人たちが流れる
天が深く降りて
流れる人たちの
心を濡らす通り

あ、悲しみの通り
痛みの通り　夢の通り
または手を携えて踊る通り
流れる人たちの涙が
魚のようにばたばたする通り

昔は忘れられていっても
溢れる杯　溢れる愛
墓よりもっと深い孤独
墓よりもっと深い思い出
墓よりもっと深い通り

歳月が流れる
歌だけが残る
夜になれば火の消えた夜ごとに
神様も密かに尋ねて来て
人間のように泣いていく通り

ああ、希望の通り
離別の通り　出会いの通り
花の通り　神たちの通り
港と帆の通り
目を瞑《つむ》ると波が澱《みなぎ》って
カモメが飛ぶ通り

歳月が流れる
子供達が生まれる
何気なくふれるゴミ箱さえ
人に恋人に見える通り
太陽と月の通り

歌よ　夢よ
空なら青い空が
流れる人たちの
心を濡らす通りよ……。

君の歌

山が立ちはだかって来られないでしょうか
水に遮《さえぎ》られて来られないでしょうか
ノイバラのつるがからみついた君よ
溢れる飛沫《しぶき》の胸、君よ
もう彼らを待たない

もう彼らを夢見ない
もう彼らを歌わない
もう彼らの飯を食べない
もう彼らを想わない
ノイバラのつるがからみついた君よ
溢れる飛沫の胸、君よ
もう私たちがほかならず待ち
もう私たちのほかならぬ輝かしい夢
もう私たちのほかならぬ夜明けと希望
もう私たちのほかならぬ私たちの飯
もう私たちのほかならぬ私たちの懐かしさ
ああ、山が立ちはだかっても曲がり曲がって来られる
ああ、水に遮られてかき分けてずんずん来られる

イバラのつるがからみついた君よ
溢れる飛沫の胸、君よ。

気持ちよく書いた詩

毎日僕は
体が痛すぎて
めちゃくちゃに疲れすぎて
死にたいと思うだけだ
肝臓胃腸腎臓病に
十二時間労働なので

書きたい恋愛詩も書けなく
ただ、すぐ死にたい気持ちだけで
妻にも知らせず、一人で困憊《こんぱい》している

練炭の灰のみが転がっている路地
土ひと握りもない路地で
それでも何がそれほど面白くて楽しいか
壊れた安物おもちゃの銃を持って
パンパンと声を出して遊んでいる
僕の幼い二人の息子を見たら

ああ、本当に生きたい気持ちが山ほどだ
胸元、胸中は風と歳月の穴だけだが
死ぬほど可愛い息子たちには

食物全てもぐもぐ食べさせて
着る物全て暖かく着せて
ヘラクレスのようにシルム*選手のように元気に
本当に気持ちよく生きたくなって
今日も仕事が全部楽しいばかりだ。

（訳者注）シルム：韓国の相撲

豆の花

息子よ
もう僕らは

感激を感じよう
瀬を渡って
山キジが飛ぶ
畑の畦《あぜ》に立つと

あれほど靡《なび》く
豆の花を見なさい
吹いてくる風に
あちこちで
満開になっていく豆の花

息子よ
もう僕らは
感激を感じよう

イナズマのように速く
流れる歳月の中でも
自分たちの小さい姿も
失わずついに保つ
何坪を占める豆の花の前で

世の中は小さなフナのように
生き生きしている　山も水も
雲ももったいないくらい美しい
オルシグ　チョルシグ* 生き甲斐がある

息子よ
もう僕らは
世の中のすべてのものが

美しくて大切で敬虔なことを
少しときめかせて知るべきだろう。

（訳者注）オルシグ チョルシグ：嬉しいときの掛け声で、「いいぞ、いいぞ」のような意味。

希望と真実

空いた貝殻の中に捨てた真実は
力がありません
ダンコウバイの赤い実が何回も落ちても
カモメが飛んで行くこの川岸では力がないばかりです
私たちが真実を信じ、そうして私たちが

生き生きと真実を固い愛の両手で抱き上げる時、
ああ、そうです　真実はオークよりもっと固く
私たちの果てしない荒涼たる心を守ってくれます
私たちが決して真実を裏切らない時
真実ははじめて――私たちの体と心の所々で
希望の国に帆を揚げて走ります。
ああ、真実よ！　希望の国　真実よ！

子守歌

ぼうやよ
我がぼうやよ

今は寝てはならぬ
氷菓子アイスクリームを食べて
時間の流れを知らず眠ったぼうやよ
今は父の額にふれてみよ
足を伸ばして泣いてもいいので
遊んで這《は》って走り回って
父の鼻を引っ張ってもいいので
ぼうやよ　キリギリスのように息をはずませるぼうやよ

今は庭に出て
人のような花びらを見よう
人の心を奪って
もっと美しくなる花びらを見ながら
かぼちゃのつるが這いあがった豆畑の丘に

父と一緒に登ろう

そうしてぼうやよ
我が希望のぼうやよ
川岸から吹いてくるそよ風に向かって
小さいフナの鱗のように歌う
小さい草の葉……
ぼうやよ　我々はあんな生きているものと
少しずつ少しずつ息吹を交わしながら
青く息吹を混ぜながら
空に近づいていこう。

何といっても人が好きだ

好きだ
満員の市内バスの中が
これほど好きだろうか
貧しい心たちがお互いに
服を揉み肌を揉んで
こっちに押され、あっちに押される
晩夏の市内バスの中は
好きだ本当に好きだ
汗のにおいを混ぜて一緒に揺れる
時には神様をお互いに分かち合う
一時代の悲しい肉《しし》むら

本当に美しくて好きだ
本当に大切で大切だ
吊り革一つに何人ずつぶら下がっても
隣人の足元を少しでも踏まないように
はあはあ息をする人たち……
このまま石になっても
末永く永遠に眺めたい。

母

母は
死んでも

子供に乳首をかまれる
山なら山を越える
川なら川を渡る
ああ、私たちの母！

海

海にはだれもいない
獣のように浮かんでいる島々と
カモメの数滴の血
海にはただ波だけがある。

十五年

都市に
十五年暮らしてみると
カタツムリ
青蛙
おさむし
草のキリギリス
こんなちっぽけな生き物たちが
またとなく懐かしくなる
小さい、とても小さいものまで
人に見えてきて
毎日僕は爪を撫でる

ある日ふと
僕も知らず
あるいは無心に
こんな小さいものたちを
押さえつけて殺してしまうかもしれず
毎日僕は
爪を切りながら
もっと人間になろう
もっともっと人間になろう
何回も心の中で叫ぶ
ああ、青い鳥よ青い鳥よ……。

人間の歌

よくてよくてさらによいものがあるというが
人間よりよいものが
この世にどこにあるか
バラの花が美しくて百合の花が美しいというが
人間より形容できないほど美しいものが
この世の天地のどこにあるか
別れると恋しくなり、会ってみると気乗りがしなくても
信じられないのが人間の心だと言われても
機械よ　機械よ　機械よ　機械よ
よくてよくてさらによいものがあるというが
涙と心と歌を保った

人間よりもっとよくて大好きなものが
この世のまたどこにあるか。

紙一枚

道を歩いていると
足が痛すぎて
首を垂れて
地面を見下ろすと
だれが捨てたか知らないが
紙一枚が風にゆれていた
ぼくはそれが人のように

ああ、ふと人のように感じられ
くしゃくしゃにせず
かといって、ゴミ箱に捨てず
夜になるまで
いつまでもなでてみた
夢よ、人間の夢よ！

思い出

光州から
南へ　三百里
私の故郷　海南

冬の夜
最後のバスでいく
(お祖父さんよ
お祖母さんよ
戦争中に子供を亡くして
今は
どこに
どこに行ったか)

青い鳥を飛ばすように
胸の中で叫べば
走る車窓に
押し寄せて広がる

村ごとの明かり
ああ、我知らず
涙が流れ
歳月が流れ

暗い車窓のそとに
限りなく限りなく
手を振りたかった。

うた

木を眺めて
暮らしていくのは気持ちよい
花を、そして鳥を眺めて
暮らすのはとても気持ちよい
また海、港、帆、カモメを眺めて
歌いながら夢見て暮らしていくのは
よくてさらによい
ああ、しかし暗い野原遠くから
人と一緒に額をくっつけて
暮らしていくのはさらに気持ちよい
万古江山、オジョルシグ　よいぞ

夢よ、人間と人間は（？）永遠だ
人間の肉体と死もまた
永遠に生きて動く。

（訳者注）オジョルシグ：嬉しいときの掛け声。

祖父への思い

海南は椿の花咲く私の故郷
雄牛さえ売ってしまった牛舎
細くて丸いブリキの器の中に
お祖父さんを座らせて

老いた後ろ背中の垢をこすってやった
老いた胸先の垢もこすってやった

年を取りすぎて年を取りすぎて
あなたの体の白い垢も
自ら拭けない
祖父を座らせて
老いた後ろ背中の垢をこすってやった
老いた胸先の垢もこすってやった

年を取りすぎて年を取りすぎて
あなたの体の白い垢も
自ら拭けない
祖父の後ろ背中の垢をこすりながら

棒に巻き付けてたたいた
木綿の袖つきのズボンを着直して
一生チゲ*を背負って暮らしてきた
祖父の後ろ背中の垢をこすりながら

空遠くから海遠くから
雪が降る音を聞いた
旧時代柿の木にもこんこんと降る
歳月の雪片よ　雪片たちよ
ヨモギと海草で空腹を満たしながら
日本人の供出したかますを背負って
夜もすがら山越えて山越えた
椿の花咲く私の故郷の祖父！

すぐただれそうな祖父の
ひりひりする背中をこすりながら
何だか私は涙を見せてしまったが
湧いてくる涙を堪えることができなかったが
しかし私は祖父の背中が
すっかり土で固まっているのを
私の無学無識の悲しみの中で
あまりにも鮮明に見た。

（訳者注）チゲ：朝鮮の背負子

つち

僕は夜毎に
つちを胸に抱いて
寝なければなりません
ある凶悪なやつが
僕のつちを盗んで
だれかを不意打ちで殴り付けながら
この世を殴り倒しそうなので
僕は夜毎に
つちをしっかり握って
ぎゅっと抱いて寝ます
鉄条網の中に咲いた花よ

鉄条網の中に咲いた花よ
僕の涙の真ん中に
ヒマワリのように揺れる
ああ僕のつち
僕の悲しいつち
僕は夜毎に
暴力主義者たちに
つちを奪われないように
寝言を続けます。

第4部

五月から統一へ

黒夜

遠くから明かりが一つちらつく
野末で――
今晩ある人がどこかに行っている
一人で生き、一人で笑い、一人で死ぬ
ためではなく
この深い夜、どこかを探している
人が見えれば、おいおいと声を張りそうな顔で
人に会うとぐいと抱いてしまいそうな
足取りで
どこかに行っている音のない熱情一つ
ぜひ一緒に行きたくて
もし会う人がいれば一緒に歩きたくて

この深い夜、ある人がどこかに行っているようだ
あんなに物に憑かれたように行っているようだ。

野原に立って

私は泣きたい時韓服を着る
私は叫びたい時韓服を着る
月光が痛いほど降り注ぐ野原
私は立ち上がりたい時韓服を着る
ヨモギのにおい蟠《わだかま》った丘を越えて
そうしてまた海に行きたくなった時
新羅　高句麗　百済の人たちの

槍刀の血を洗い落とす気持ちで韓服を着る
ああ、いつまでもいつまでも歌を歌いたい時
私は父のような韓服を着る。

蟾津江*

蟾津江《ソムジンガン》はどこに追われているか
蟾津江はどこに追われているか
あの野原でモロコシの首は折れて
ヨモギの茎さえ目を瞑った今
水の深いところに空を隠して
水の深いところに浮き雲を残して

崩れた川辺のあちこちに
罪のない葦だけを泣かせておいて
ああ、蟾津江はどこに追われているか
闇は闇だけを呼びながら押し寄せて
草花は草花だけを呼びながら倒れる時
鳥たちは彼らの悲しさに乗って
独りで独りで鳴きながら飛んでいく時
真っ青にあざができた顔を振りながら
またどこに蟾津江をなすだろうか
溢れる夕焼けで心を満たし
万山天紅の詰まった痛みで
またどこに川水をなすだろうか

（訳者注）蟾津江：全羅北道南東部と全羅南道東部、慶尚南道西部を流れる川。

夕焼け

道路で喧嘩中の二人の男が
畑にまで飛び込み喧嘩し続けるところ
踏まれた穀粒の押しつぶされる音を聞いて
「ほう、僕が悪かった、その時僕が先に悪かった」といいながら
子供たちのように抱き合った
それが本当に見る目によかったか
西の空がこの二人の顔を
綺麗に夕焼けで映してやった。

機械の中で

麦花が咲けば行くよ
杏花が咲けば故郷へ行くよ
刃のような機械の中に売られてきた命でも
夕焼けのあの燃える唇に肌を揉んで
ススキと強い風に乗って踊るよ
乾いて裂けた肉《しし》むらを濡らすよ

帰るのはもしかして新たな出発
今は故郷へ堂々と帰るよ
腐った古木の中に家を建てるコウモリたちを追い出し、
丘と木と流れる川の水ごとに心をすすぎ、

キジがバタバタ青天空に飛び上がるように
黄土道の野原で再生するよ

前後山でオオカミが泣いた日の夜
緑色の豆粒のような涙をこぼして
黙って引かれて一晩で遠くに死んでいった
草鞋よ　木靴よ　野雁の群れよ
真っ赤に壊れる土塊《つちくれ》を後ろに置いて
ああ無念に消えた熱い面影よ

千回を向き直ってもひたすら空と風で
ぬぐわれる故郷の山河よ
麦花が咲けば生き生きする麦花にうずまって
杏花が咲けば桜色の杏花にうずまって

恨みの多い五千年を土塊で泣くよ
その泣き声でまた田畑を耕し
その泣き声でまた野火をつけるよ。

農夫はだれと話して暮らすか

農夫はだれと話して暮らすか
農夫はだれと話して暮らすか
生きることが重苦しくて悔しい時
農夫はだれと話して暮らすか
赤い月が浮かぶ
山向こうの機械の中で

降り注ぐように浮かぶ赤い月
赤い月は村を照らし
もっと腰が曲がった農夫

農夫はだれと話して暮らすか
農夫はだれと話して暮らすか
生きることが暗くて辛い時
農夫はだれと話して暮らすか

農夫は自分の傷と話す
傷にたまっている血膿と話す
赤い月は村を照らし
もっと腰が曲がった農夫

農夫はだれと話して暮らすか
農夫はだれと話して暮らすか
生きることが暗くて辛い時
農夫はだれと話して暮らすか

農夫は自分の傷と話す
傷にたまっている血膿と話す
だれも対話してくれない時
仕事で病にかかって押しつぶされた
自分の体と話して暮らすか。

三十八度線で

女のように泣きたい
帰れない故郷
ついには変えるべき故郷
さびた鉄条網の向こうに
気をもみながら
女のように泣きたい
沈黙の深い夜毎に
三十八度線に漂う月見草
ああ、僕たちは女のように泣きたい。

智異山の女

一九五一年、智異山の草洞里にはだれもいなかった。廃墟と絶望の塊のみ。しかし女は「だれかいませんか？　だれかいませんか？」と泣き叫んだ。その時だった。どこからか花木の枝の香りがしてきた。女は、岩の隙間に隠れてぶるぶる震えている七十歳の老人、自分のほかにやっと生き残ったその老人を地面に引きずり、オオカミのように彼に飛びかかり抱きしめた。そして老人の胸の下に自分の全身を入れた。女はその老人の子をかならず産みたかったのだ。その子たちを智異山の谷間ごとに産み続けたかったからである。

Ⅰ．廃墟

月が浮かんでいた
女は周りを見回った
しかし、しかしどこにも行くあてがなかった
彼女のそばに残っているものは
彼女の両目に入って映っている

ああ、燃える智異山の峰だった
死、死、腐った死の蟠《わだかま》りのみだった
どこでどのように始めようか
どこでどのように人に会うか
(そこにだれかいませんか?
そこに人間でなければ鬼でもいませんか?
そこにそこに人間でなければ人間が捨てていった夢でもありませんか?)
女は再び立ち上がって
かならず行くべき道を探し始めた

村は廃墟のように崩れ
四方八方から野良猫たちだけが
地獄のように深く窪んだ谷間を
にゃあと鳴きながら彷徨っていた

そうだ、時は一九五一年九月
やはり月が浮かんでいた
岩と銃声と無残な良心の死骸たち
女はそのような廃墟を乗り越えて
きっとどこかに行きたかったのだ

草洞里《チョドンリ》の人たちに会いたい
草洞里の人たちが見える
夜になる前に
煙突ごとに煙が上がった
草洞里の村、草洞里の小路
昔の人々の咳が
随所に蛍のように飛んで
麦餅を作り分け合って食べて

頬が膨らむほど笑いながら暮らしていたのに
これは何事だ
パルチザンが通り過ぎてこれは何事だ
年月が過ぎてこれは何事だ
ああ、草洞里の村は豆を炒るように
ナマコ板を叩くように
そんなにやられ、やられてしまうだろうか。

ああ、女はその日妙に便意があって
そうして便所に行ったが
その間母、父、弟たちは
どこか遠くに連れられていた
ポンポンポンポンポンポン！

パルチザンたちの叫び声だったたか
それとも村人たちの悲鳴だったたか
それとも智異山が崩れているのだろうか
女は用をそこそこに済ませて
便所から我を忘れて飛び出し

アブジヤ！
オモニヤ！
首に血が騒ぐように叫んだ
いつの間にか花咲いた家が、
親しく馴染んだ山の丘に
親代々引き継がれた
自分の家が火に包まれたことを
女はすっかり忘れていた

女は栴檀草《センダングサ》のような
無数の棘のつるに邪魔されつつ
草洞里の裏山に登ってみた
村は、灰の堆積のように真っ黒に
いくつかのかすかに残った火種を
少しずつ飛ばしているように見えたが
ああ、村は切られたカモの首のように
転がっていた。

女はその時いくつかの火の玉が
海に向かっていくのをようやく見た
いくつかの火の玉がキビ畑を貫いて
海に向かって転がっていき

どこかでまた猿が鳴いていた
村の小さい夢たちが鬼花のように
いきなり咲く陰惨な月夜。

金ぐしのように植えられている木ごとに
だれか分からない
草洞里の人々の首がぶら下がり
闇の深い所で腐って

ああ、廃墟と廃墟の上で
生は何の意味を持つのだろう
これ以上加減できない完璧な
死の地面の上で
チマとチョゴリだけを掛けた

ああ、生は果たして案山子そのものだろうか
女はしかし、そのような廃墟を乗り越えて
かならずどこかに行きたがっていたのだ。

Ⅱ. つつじ畑で

一九五一年草洞里の村、草洞里のむら雲
いくよ　山水甲山にいくよ
死ぬ前に生きる前に　いくよ
倒れながら手を振りながら起きながらいくよ
前生の悲しみを慰めるために今日を生き
明日の悲しみを慰めるために今日を生きて

いやはや　つつじ畑に鳥が飛ぶ

いやはや　つつじ畑に人が飛ぶ
生こそぼろでも心は星明り
いやはや　鳥になって花になって
智異山の三百里に風になって回ろう

回って回って泣きやむと
やれ　魂に広がった智異山
やれ　三百里の道を走る
人に会おうと山人に会おうと
イバラのやぶを越え絶壁を越える

火影は遠くにあるだろうか
火影は僕から流れていくだろうか
分からない智異山よ　分かる智異山よ

鬼火も人の心が作るもの
暗さも明るさも人が作るもの

個人の生とは何だったか
全体の生とはまた何だったか
村が消えて父母が亡くなって
隣りが消えて雨が降る
つつじ畑の随所に雨が降る

ああ、個人を支える生よ
全体を眺めさせる生よ
個人の死と全体の死は
どんな影でちらつくだろうか
葛藤、矛盾、理解、痛みの連続だろうか

いくよ　ふわふわと浮かんでいくよ
女を花の如く抱いて
草洞里の女を雲の如く飛ばして
空に夢の中に聳《そび》え立つ
ヤッホー、智異山は精神か土塊か

女は目を瞑る
女は百回千回もっと大きく
目を開けようと胸を開こうと
女ははじめて目を瞑る
そして女はチマを翻す

おお、夜雨《よさめ》よ　夜雨よ
女の肉体を野原のように濡らしながら流れる
蟾津江の流れよ　果てしない道よ
腕を振って海を学び
頭をのけぞらせて土を学ぶ

ああ、智異山に生きている全てのものよ
智異山うねうね曲がる三百里の道よ
地中に根を下ろし
血のついた帆を翻す
智異山の草花たちよ

道のりが長い
女は本当に行くべき道が遠い

西山に日が落ちる前に
必ず一度人としての本分を——
つつじ畑よ　肉体のごったまぜよ

笛の音が聞こえる
鉄ラッパの音が聞こえる
草洞里の村が銃弾の盾になった
ああ、一九五一年九月
四方八方に風花が咲く智異山よ

女が死んで智異山になったら
智異山が死んで女になったら
草洞里の村にはどんな人たちが来て
草洞里の村にはどんな夢たちが来て

智異山の三百里に心を刻んでおくか
生を生らしく探って立てようと
智異山の三百里に心を走らせてやるか。

Ⅲ．天と地の結婚

一九五一年九月の草洞里の村
命とは夜か夢か歳月か
智異山の三百里に蟾津江が流れ込んで
山並ごとに果てしない花々の顔が見え
どこかに鳥たちが飛んでいき
ああ、女は胸の隅々に
木づちで家を建てていた

震える拳で涙を拭き
女は土塊に首を突っ込みながら
小泉の水を飲むように息をした
モグラが掘り返した土の中に首を入れ
どこかから流れ落ちる山泣きを聞いた

おい、女よ
西の山に日は落ちて
小山に月は映るが
おい、おい女よ

山河は険しく
里帰りははるかなのに
一九五一年の晩秋

僕らは死んで鳥になった
恨みになり怨みになり
蟾津江に涙を混ぜる

おい、女よ
肌が桃花のつぼみのように
そんなに美しい女よ

木の葉は風に靡《なび》いて
歳月ならば歳月に靡いて
草洞里の村は無惨に忘れられていき
しかし天は永遠だろうか
木たちは木たちとともに
どんな詰まらない歌を歌うか

ああ、智異山はむなしい
蟾津江は蟾津江を避けて流れ
智異山は智異山を避けて
雷に打たれた木像のように
ぽかんと聳えている。

女ははっと気がついた
土塊から首を高く上げ
智異山の谷間を眺めた
ああ、智異山の谷間あちこちから
白い服を着た草洞里の村人たちが
数百名ずつ再び生き返っていた

再びウズラの群れが飛び上がって
フクロウさえ自分の鳴き声を探し出していた
ノロジカが走り、キジが翼をばたばたさせ
オオカミと虎も
自分たちの行くところに走っていた

老いた亡霊たちは墓の中に隠れてしまい
ああ、その墓の中から
新しい種が湧き出て
女はいつの間にか
智異山の上上峯に向かって走っていた

月見草が女の胸に
さらに柔らかい香りで染み込んで

智異山よ　智異山よ
ああ、草洞里の村が死んで
残した男よ

女はいつの間にか
智異山の上上峯に登るのだった
女は裸で歌い始めた
だれかいませんか？
だれかいませんか？
人間の新郎いませんか？
人間の新郎いませんか？
山に耳があったら聞けよ
岩に目があったら見ろよ
また流れる水に心があったらしまっておけよ

獣になり深い山奥の洞穴に潜り込んで
腰をねじって一口の水に歌う
風に吹かれる魂がここにあったら
晩秋のヨモギの葉でも持ってきて揉んでみろ
山水甲山のなれ親しんだ我が君たち
恋、恋の病にかかった

女は上上峯に登った
女はその時確実に見た
血のついたトゥルマギ*を翻しながら
岩の裂け目でぶるぶる震えている
ああ、人間を!
女は人間をみてしまった。

青い空青い野がどこにあるか
我々が行くところはすぐあそこだが
青い空青い野がどこにあるか
我々が泣き声を上げ愛するところが
間違いなく青い空青い野なのよ

あの、ちょっと
夕日は落ち、黒丸烏《コクマルガラス》が鳴いて
智異山三百里の坂もうねうねと鳴いて
我々の人生もうねうねと鳴いて鳴き止んで
あの、ちょっと私は智異山が
居残りにした新婦ですよ

月が雲の中で
こっそり見下ろしていた
どこからか花木の枝の
香りが少しずつしてきて
風がもっとも綺麗に吹き始めた

女は、岩の隙間に隠れて
ぶるぶる震えている
その老人を地面に引きずった
そしてその老人を見た

ああ、その人は老人ではなかった
智異山が最後まで大事にしようとした人だった
智異山が最後まで居残りにしようとした男だった

智異山が女のみに捧げる新郎だった

女は、白髪の中から
宝石のように輝く両目に
自分の目をあてた
老人の天を
自分の地の中に深く引き寄せた

女はそして叫んだ
子供を産みたい
数え切れないほど多くの子供を産みたい
智異山草洞里の村に
あなたと私の子供たちを
たくさん産みたい

智異山には人が住まなければならないから
オオカミが鳴いていた
智異山の上上峯が揺れていた
女はその老人の火をついに盗み出し
自分のへその下に入れた
はじめて女は
蟾津江、蟾津江の水流が
南海の遠くに流れる音を聞いた。

（訳者注）トゥルマギ：外套のような韓国式の着物（周莫衣）。

ソウルとピョンヤンの間に

ソウルとピョンヤンの間に河が流れる
北韓川《ほっかん》が流れ、水グモ*が生きる
DMZ　非武装地帯の沼――
一科一属一種の水グモが
半径二センチの水玉の中に
入ってキスし合う
紅玉《こうぎょく》よりもっと玲瓏《れいろう》たる赤ちゃんの水グモを産む。

（著者注）水グモ（学名：Angyroneta Aquatica）は一科一属一種に属する世界的に希少なクモで、一九九六年六月初め、韓半島では初めてクモの研究者ナム・グンジュン氏のチームによって実地調査を通じて京畿道漣川郡の民間人出入統制線の沼地で発見された。

午前零時を越えて書いた詩
――詩は世界を変化させせられるか

詩が世の中を変えたり変化させせられるか
ヒトラーの時ベルトルト・ブレヒトも告白したのだが
詩が世の中を変えたり救援することはできない

しかし、詩人たちよ！だからこそ
じだんだを踏みながら世の中を
変えようとするのがほかならぬ詩！

言葉、言語、ロゴスが神様で仏様だからなのか
見よ、聞け、生まれたばかりの赤ちゃんの口からもれる天の言葉を！

鳥たちが翼に乗せて運ぶ歌を！

それなら、詩が世の中を変えたり変化させることはできる
じだんだを踏みながら詩を変化させるのが世の中なら
じだんだを踏みながら世の中を変えるのはロゴス、ほかならぬ詩!!

行進曲*

どんどん太鼓を鳴らせ
ちんちん鉦《かね》を鳴らせ
たたきがね、鼓《つづみ》全部集まれ
漢拏からソウルの空まで

我らの壁を壊そう
我らの闇を破ろう
石と土と木と花で
ああ、コリア立て直そう

どんどん太鼓を鳴らせ
ちんちん鉦を鳴らせ
たたきがね、鼓全部集まれ
ああ、天下がきみを呼んでいる

我々は勝利するだろう
我々は平和を享受するだろう
我々は一つになるだろう

ああ、我々は永遠に変わらないだろう。

（訳者注）行進曲：朴槿恵政権を倒すキャンドル革命の時、人々に広く歌われた詩。

五月から統一へ

ぼくらは行っている
無等から白頭まで
五月から統一のその日まで
昨日のようにきっと明日のように
思いを晴らし魂を慰め

ぼくらは行っている
甲午年の白衣を着て
鬼火、ヨモギの茂った淵を越え
あの山鳩、つつじの山川を越え

ぼくらは行っている
生殺しの歴史を貫いて
奪われた真っ暗い夜を貫いて
父が呼ぶ解放のくにへ
母の呼ぶよい世のくにへ

ぼくらは行っている
歌を探すべき人たちと一緒に
大地の子として生まれ変わる隣人たちと一緒に

山なら共同体の山を越え
水なら共同体の水を渡り

ぼくらは行っている。

クックパプ＊と希望

クックパプを食べながらぼくは信頼する
クックパプを食べながらぼくは信頼する
人間の目に触れられたすべてのものを
人間の体温に染み付いたすべてのものを

クックパプを食べながらぼくは歌う
ああ、クックパプよ
クックパプに混ざっている熱い希望よ
クックパプの中に紛れ込んで踊る
人間の昔の思い出と希望よ

ある日いきなり
数百代のイスラエル爆撃機が
この世のあちこちを
ぺしゃんこに叩きつぶしても
西ベイルートのように踏み躙られても

クックパプを食べながらぼくは信頼する

クックパプを食べながらぼくは信頼する
人間は決して絶望できないことを
人間は悪魔と獣になれないことを
ぼくは歌って楽しがる

この地球上の赤ん坊の
足指が一つでも残って
草花のようなジェスチャーでうごめく限り
ああ、最後まで熱く煮立つクックパプよ
クックパプよ、希望よ……。
人間を人間らしく作り上げる

（訳者注）クックパプ：韓国料理には色々なスープにご飯を入れて食べる汁ご飯がある。これを韓国語ではクックパプというが、ここでは庶民の食べ物という意味として使われている。

夜十時

闇の中に火柱が立っていた
果てしない叫び声　夜風の音
さらに残酷に起き上がって走る
愛と平和と自由の渇き
ああ、夜だった　火の消えた夜十時
虚しい死と死の中に
いっぱい盛り込まれ渦を巻く
あの歴史に対する明白な真理の確認
闇の中に壊れたラジオと
雪だるまのように凍りついた星の光が映っている
しかし人たちは決して卑怯ではなかった

光州へ行く道

私たちはもう懐かしい光州に行きます
南側の愛　南側の抱擁
母と父のいる光州に行きます
胸に積もった空の気持ちで翻りながら
胸にこもった海の気持ちで揺れながら
私たちはもう懐かしい光州に行きます

ああ、白衣の人々の歴史を背負って
南側の竹林村　南側の怨念の愛
歌と希望の町光州に走ります
胸に滞る暁の気持ちで翻りながら

胸にこもった川水の気持ちで揺れながら
私たちはもう懐かしい光州に行きます

南側の愛　南側の抱擁
母と父の故郷に行きます
口づけと口づけがついに生きているところ
肩踊りと肩踊りが生でうねるところ
青鳥として飛べといえば青鳥として飛び上がり
私たちはもう懐かしい光州に行きます

ああ、白衣の人々の所帯道具を背負って
南側の身もだえ　南側の丸い愛
鳥たちと空　初恋の光州に行きます

田畑ごとに深く田起こしをする父
壺ごとに種をいっぱい入れる母
私たちはもう懐かしい光州に行きます
ノイバラの花も立葵《タチアオイ》も白い光州に行きます。

光州よ、哲学を統一せよ

光州よ
馬鹿のようなぼくに
生と哲学と花を
教えてくれた光州よ
哲学を統一せよ
哲学を統一せよ
哲学を統一せよ
みっともないぼくの脇を
花火のように噛みちぎりながら
一人が行くべき道
二人が行くべき道

百人が行くべき道
万人が行くべき道を
教えてくれた光州よ
生が苦しい時
生きる哲学を与えてくれ
哲学が衰えた時花を咲かせ
そうしてまたぼくに道を見せてくれる
あの言葉のない山嶺よ
散髪して撒き散らされる雨脚の中
ぼくが傘をさして歩くと
ぼくの傘の中に入って
両目を瞬いてくれる光州よ
落ちる水滴の中でも
君は明日に向かって立っている。

夢見るきみ

きみ*はどこにいるのか
夢見るきみはどこにいるのか
田づらにいるか畑の畦《あぜ》にいるのか
落ちるごま花の中にいるのか

きみはどこで歌うのか
奉火山*の松の根について泣くのか
ノイバラのつるの中に混ざって揺れるのか
子供の眉毛にぶら下がって輝くのか

ああ、きみはどこにいるのか
夢見るきみはどこにいるのか
だれと一緒にワクワクしながら
だれと一緒に死んでいるのか
だれと一緒に生き返っているのか

草花なら草花であるきみよ
空のひばりならひばりであるきみよ
歳月と闇にぬぐわれた刀のように
何がきみの胸板にとどまるのか

ああ、きみはどこにいるのか
夢見るきみはどこにいるのか
山を越えると山の向こうにいるのか

川を渡ると川の向こうにいるのか
さぎが羽ばたく南国にいるのか。

（訳者注）
きみ：金準泰の詩は光州民主化運動を表現したものが多く、ここでの〈きみ〉も民主、平和、統一への念願のメタファーとして使われている。
奉火山：北朝鮮の平安北道厚昌郡にある山。

もう私の歌を歌おう

川向こうの村に
美しい女が住んでいて
いつか必ず訪ねてくるようで
私は波のごとく歌を歌う

降り出す夜雨のなかに
悪夢のように汽車が走っていき
火のついた寅のように
夜十一時の汽車は走っていき
すすり泣きとわめきが混ざって走っていく

しかし私は窓辺に立って
ギターをひきながら歌う
川向こうのポプラの森　イバラのやぶに
素足の愛と平和の女よ

川向こうの村に
美しい夢と希望が
いつか必ず訪ねてくるようで
私は波のごとく歌を歌う
私は波のごとく歌を歌う。

〔講演〕詩は世界を変革できるか？

金　準泰

こんにちは。まず日本の皆さんに感謝の言葉を申し上げます。この場を設けるために努力していただきました広岡守穂先生と中央大学法学部の先生たち、さらに文学の道を一緒に歩んでいく先生たちと学生の皆さんに心から感謝します。

私は七年前、大阪、京都、神戸、沖縄などを旅行したことがあります。特に私にとって日本は生まれる前からもともと縁がある隣国です。私の祖父は大阪の伊丹空港で労務者として働きましたし、父は日本軍兵士として連れられて、太平洋戦争に参戦したことがあります。

当時は植民地時代で、祖父は強制徴用で大阪に行かされ、父は強制徴兵で遠くの戦地に投下されました。そのような家族的な悲劇も絡んで、幼い時から私は祖母から祖父や父、そして日本の話を聞きながら育ちました。

そうした家族的、あるいは国家的トラウマがあるにもかかわらず、今日の世界の中で東北アジア、さらに世界のすべての国々が平和の道を歩まなければならないということには異見をもっておりません。詩という言語の通路を通じて、政治と歴史の中に霊感を入れようとしています。

文学の立場から言えば、韓国の場合、詩人たちは、第二次世界大戦当時ドイツのベルトルト・ブレヒトが彼の詩を通して話した「抒情詩を書けない時代」の中に生きているし、またそのような状況の中で文学をやっています。国が二つに分けられているので、多数の詩人たちは、オールではなく〝半分の文学〟をやらざるを得ないという独裁時代の歴史を持っています。

いま、北朝鮮とアメリカとの核をめぐる対立で韓半島は極めて緊張した状態です。こうした危機の状況の中で韓国文学はアンガジュマンの文学がより力動的に作用するほかありません。世界唯一の分断国家コリア、ほかならぬこれが今日の韓国文学の宿命であり運命です。

　私に与えられた主題は「詩は世界を変革できるか」だと把握しています。私は一九五〇年に起こった韓国戦争（注・朝鮮戦争）の三年前に生まれたのですが、すでに日本の植民地時代に対する間接体験があり、韓国戦争を直接経験した私は――国土分断の悲劇の中で「半分の国」の独裁時代をこの目で確認しました。

　中学時代には自由党独裁政権に対抗する四・一九学生革命を見、大学の途中でベトナム戦争に強制に行かされました。一九八〇年五月には私の地元光州で一部の戒厳軍人による「光州虐殺と光州市民蜂起」を目撃しました。

　二〇一六年秋から二〇一七年三月までには、新しい国、正直な国、正常な国を立てるための全市民的、全国民的「キャンドルデモ」を一緒に生で体験しました。そのような歴史の中で私は、文学のパラダイムは、昨日ではない今日と明日に希望と生命力を注がなければならないものだと考えています。

死をもって死を追い払い
死をもって生を探し求めようとした
ああ痛哭だけの南道の
不死鳥よ、不死鳥よ、不死鳥よ（中略）
光州よ無等山よ
ああ、我々の永遠なる旗よ
夢よ十字架よ
歳月が流れれば流れるほど
いっそう若くなっていく青春の都市よ
いま我々は確かに
固く団結している　確かに
手を繋いで立ち上がる。

（「ああ光州よ、我が国の十字架よ」）

　一九八〇年五月、政権簒奪に目が曇った（韓半島の分断状況がもたらした）新軍部が犯した虐殺の蛮行に立ち向かって、光州市民たちの「死をもって死を追い払い／死をもって生を探し求めようとした／ああ痛哭だけの南道の／不死鳥、不死鳥、不死鳥」のような市民共同体の蜂起、あるいは抗争に対する発見は、私にも大きな衝撃でした。これはまるで音楽家べートヴェンが両目が見えなくなった時に作曲した「歓喜の歌」が聞こえてくる瞬間のようでした。私にとって詩は、光州市民とともにする光州状況を知らせてくれる緊急メッセージでした。

一九六九年韓国文壇にデビューした時からもそのような視点から始めましたが、私は詩が抒情的語りだけではなくメッセージ、疎通、警告や宣言、社会的政治的意味に比重を置かなければならないと思います。特に韓半島は世界全ての国の苦痛を縮約しているところだからです。

アノミー現象からもたらされた文明の衝突、アナログとデジタル文明の衝突、都市社会のマンモス化、共同体社会の崩壊、多人種国家の台頭と葛藤、貧富の両極化、エゴの執着と価値観、哲学の不在、メスメディアと刺激的な商業主義、独裁者の再出現、国家主義の拡張などです。

その中で発生する戦争と戦争、特に資本に基づいた強大国の無限競争と南北対立状況が危険水位をこえてしまったら、韓半島の状況は絶望的です。だから詩人たちに、ほとんど宿命的・運命的に共同体社会と共同体文化を再追求、再創造しようとする希望と熱情が強いとしかいいようがありません。

従って韓国詩人たちの場合、詩は各種の抒情の産物であれば、時にはアンガジュマンと闘争の産物でもあり、統一文学の産物です。ですから今まで多くの詩人たちが、「詩が世界を変革できるか」「文学が世界を変えられるか」という問題に対し、時には自分の命、体までも捧げようとした歴史を持っています。

同時代を共に生きながら歌う韓国詩人たちは、こうして共に生きる世の中、一つになる統一を夢見ます。私の場合もそれで、平和と統一は私の詩のテーマであり、コインの表と裏でもあるわけです。韓半島で起こるほとんどの悲劇の原因は分断に起因している点を重視し、生命、尊重、平和、一つになること、そのような方向に変革と変化のフォーカスを当てるのです。ここには詩に対する愛情と身もだえが伴わなければならないことは言うまでもありません。

それでは私が書いた詩を読み上げます。詩が世界を変革できるかについて悩む「午前零時を越えて書いた詩」と、韓半島の非武装地帯で生きる〝水グモ〟を通じて歌う「ソウルとピョンヤンの間に」、二〇一六年九月から二〇一七年二月まで全国ところどころで明るく灯った「行進曲＝キャンドル大行進」、そして「双子のお祖父さんの歌」を朗読します。

詩が世の中を変えたり変化させられるか
ヒトラーの時ベルトルト・ブレヒトも告白したの
だが
詩が世の中を変えたり救援することはできない

しかし、詩人たちよ！だからこそ
じだんだを踏みながら世の中を
変えようとするのがほかならぬ詩！

言葉、言語、ロゴスが神様で仏様だからなのか
見よ、聞け、生まれたばかりの赤ちゃんの口から
もれる天の言葉を！
鳥たちが翼に乗せて運ぶ歌を！

それなら、詩が世の中を変えたり変化させること
はできる
じだんだを踏みながら詩を変化させるのが世の
中なら
じだんだを踏みながら世の中を変えるのはロゴ
ス、ほかならぬ詩!!

（「午前零時を越えて書いた詩」）

ソウルとピョンヤンの間に河が流れる
北韓川が流れ、水グモが生きる
DMZ　非武装地帯の沼――
一科一属一種の水グモが
半径二センチの水玉の中に

入ってキスし合う
紅玉よりもっと玲瓏たる赤ちゃんの水グモを産む。
（「ソウルとピョンヤンの間に」）

どんどん太鼓を鳴らせ
ちんちん鉦を鳴らせ
たたきがね、鼓全部集まれ
漢拏からソウルの空まで
我らの壁を壊そう
我らの闇を破ろう
石と土と木と花で
ああ、コリア立て直そう
（「行進曲」の一部）

一人をおんぶするともう一人が
おんぶしてくれと強請《ゆす》りながら泣く。
ええままよ、なるようになれ！
二人を一緒におんぶしてあげると
二人とも気持ちよく笑う
南と北もそうなってほしい。
（「双子のお祖父さんの歌」）

最後の詩は、うちの嫁が双子を生みましたが、その二人の孫を直接おんぶしながら感じことを歌った詩です。双子は一つの民族から生まれた南と北を指しています。予告しますと、韓半島の統一は日本の平和と安定と繁栄をもたらす大きな切っ掛けになるでしょう。皆さんにもう一度感謝の言葉申し上げます。皆さんの健康を、平和をお祈りいたします。

（二〇一七年一〇月一八日、中央大学シンポジウム「詩は、ことばのデザイン、社会を変える力か」での講演）

〔解説〕民衆運動の先頭に立ってきた詩人 金準泰

金《キム》 正勲《ジョンフン》

故郷のイメージ

金準泰（一九四八―）はどのような詩人だろうか。最近出した『双子のお祖父さんの歌』（二〇一八、図書出版b）という詩集で金準泰は自ら「私の詩が追求するものは生命と平和と統一、そこに集約されている」と述べている。そのようにいえる根拠は、彼の生と記憶に忘れられないほどの様々な経験が根を下ろし、それが詩的テーマとして表現されているからである。

もちろん、一九七七年初詩集『ゴマを投げ打ちながら』を発表してから農村の現実と、その日常の真実を描写してきたのだが、一方彼の脳裏には悲劇的体験が彼の肉体と精神を支配し、それが何か刺激を受けるとすぐに言語的メッセージとして発信するものだったといえる。

金準泰は幼い時、祖父と父母の不在の歳月を送った。祖父は日本帝国主義の戦争時代、大阪に労務者として徴用され伊丹空港で働くことになり、父は日本兵として徴兵され、太平洋戦争に参戦したからである。そして父は金準泰がまだ幼い時、民族分断の事件に絡んで海南で虐殺された。彼が十歳の時、母も病で世を去った。こういった家族的悲劇もあり、祖父と父母の不在の世界で祖母から日本について色々な話を聞かされながら育ったのである。

しかし、金準泰は言う。「そんな家族史的な、または国家的なトラウマがあるにもかかわらず、今日の世界の中で北東アジア、さらには世界中のすべての国が「平和の道」を歩まなければならないことには異見を持たず、個人的には詩と文学という言葉の道具を通じて、政治と歴史、正義と平和に対する霊感を与えようと力を注いでいます」と（「韓中日ＹＭＣＡ平和フォーラム」での講演、二〇一七年十二月十七日）。金準泰に「伊丹空港」という詩があるのはこうした背景からである。

準泰よ、お前が韓国の飛行機から降りた関
西空港は伊丹空港ではない。
お前のお祖父さんが何日もかけて連れられ、
労役をさせられたところは
大和川の川口にある。僕のような朝鮮人が
作り上げた飛行場があの伊丹だ。
伊丹飛行場だ。そう、準泰よ、日本で旅を
してから韓国に帰ると、
お前があれほど燥《はしゃ》ぎまわった故郷に戻って、
僕のお墓にきてくれよ。（略）

（「伊丹空港」より）

金準泰が日本に旅行にしたのは二〇一〇年だった。一九三九年に開設された伊丹空港は、一九四五年八月終戦によって米軍に引き渡され、伊丹空軍基地となった。返還されたのは一九五八年で、その後大阪国際空港と改称され、今は関西国際空港と統合法人になっている。だから、金準泰が搭乗した韓国の飛行機は関西国際空港に降りたわけで、金準泰はその空港で自分を呼ぶ祖父の声を聞いたのである。その幻想が夢の中でも祖父に会いたいという哀れな気持ちとして作品に表れているのである。それではその故郷と祖父のイメージはどう描かれているだろうか。

海南は椿の花咲く私の故郷
雄牛さえ売ってしまった牛舎

細くて丸いブリキの器の中に
お祖父さんを座らせて
老いた後ろ背中の垢をこすってやった
老いた胸先の垢もこすってやった

年を取りすぎて年を取りすぎて
あなたの体の白い垢も
自ら拭けない
祖父を座らせて
老いた後ろ背中の垢をこすってやった
老いた胸先の垢もこすってやった（略）
（「祖父への思い」より、本書一〇七頁に収録）

金準泰にとって生まれ育った故郷は、貧しい農村でありながら純粋で素朴な町である。資本論理にとらわれた利潤追求のために非人間的生活が続く都会に比べ、農村は自然そのもので、まったく飾り気のない、いわば真実の世界である。本書の「ゴマを投げ打ちながら」「豆粒一つ」「豆花」などに描写されるイメージも、都会的生活とは反対にちっぽけな植物から生命の大事さを学び、純粋な自然から人間的教訓を得るようなものである。

だから、金準泰が故郷を描く時には、かならず祖父や父母のいない時に自分を育ててくれた祖母が登場するのだが、引用の詩では逆に祖父に対する気持ちを幻想の中で表現しているのである。祖母だけではなく、祖父はつまり金準泰にとって故郷の象徴であるのだ。詩人がいかに日本に行かされた祖父を懐かしく思っていたかは強調するまでもない。

光州民主化運動を世界に発信

金準泰が韓国戦争の悲惨さを目撃し、ベトナム戦争に参戦した体験は、戦争の悲劇と生命の尊重、そして平和の重要性を彼に悟らせる契機となる。彼が最近生命と平和、そして統一をテーマとして詩作活動をする理由も、このような体験と無関係ではない。特に、五・一八光州民主化運動をぬきに彼の生と作品を語ることはできない。

一九八〇年五月光州の状況にもっとも敏感に反応した金準泰は、だれよりも早く光州の悲劇を詩で書き、その詩「ああ光州よ、我が国の十字架よ」は光州五・一八文学の嚆矢となった。その詩が書かれた背景を探ってみよう。

金準泰は、『全南日報』（二〇一五年一月十六日付）のインタビューで詩を書いた当時の心境について次のように語っている。

光州抗争の期間に新聞は出ませんでしたが、十三日ぶりに六月二日付でまた発行されることになります。その日の午前九時頃、『全南毎日新聞』の文淳太（小説家）副局長から電話が掛かってきました。新聞の一面に記事の代わりに追慕詩を載せることにしたので、はやく書いてくれというのです。当時全南大学の前で私の四人家族は間借り暮らしをしていました。まるで鬼が入ってきて書き、一気に書きました。家族を外に追い出し、一気に書きました。私は代筆したような気がしました。タクシーに乗って校正を行おうとしましたが、一字も直しませんでした。こうして一気に書けたのは、五・一八の惨状をその現場で生々しく目撃したからだと思います。当時、全南高校の同僚教師の婦人が妊娠八カ月の身でしたが銃で打たれ死にました。五月二十一日、カトリックセンターの前で戒厳軍の集団発砲によって十人が命を落とす現場も直接目撃しました。詩を書く時、こういった状況が蘇り、幻聴も聞こえたのです。

生々しい証言だが、当時の『全南毎日新聞』は、新聞発行中止の状況が続いていた。軍部クーデターの主役全斗煥が、光州市民の民主化運動が全国に広がることを警戒し、五月十七日二十四時を期して、非常戒厳令を全国に拡大すると、五月二十日、『全南毎日新聞』の記者たちは新聞社の社長に集団辞表を出したからである。そしてそれを二万枚ぐらい印刷して光州市民にばら撒いた。

その辞表は、「私たちは見た。人が犬のように引きずられ、死んで行くのを両目で確実に見た。しかし新聞にはただの一行も載せることができなかった。それで私たちは恥ずかしくて筆をおく。一九八〇年五月二十日、全南毎日新聞記者一同」という内容だった。いかに戒厳軍の言論弾圧が厳しかったかがわかるはずである。翌日の二十一日、『全南毎日新聞』の発行は中止され、そのような状況が二週間ほど続いていたが、戒厳軍は今度は一週間以内に新聞を発行しないと許可を取り消すと脅迫する。やむを得ず記者たちは編集局長の主宰で会議を開き、六月二日の一面に光州の真実を読者に伝えるような詩を載せることに決めるのである。

『全南毎日新聞』の文淳太副局長から金準泰に電話が掛かってきたのは、記事の締切り一時間前だった（『光州日報』二〇一三年五月十三日付）。新聞社の編集会議で五・一八の惨状をまともに表現できる詩人として金準泰の名前が取り上げられた。そして当時全南高校の教師だった彼に決まった。

金準泰は一時間の間に「ああ光州よ、我が国の十字架よ」という題で一〇九行の詩を書き上げた。彼は「詩を書く時、こういった状況が蘇り、幻聴も聞こえた」と述べているが、彼がどのような心境でだれのためにこの詩を書いたかを十分窺うことができるだろう。

しかし、戒厳当局の検閲を通過するには露骨過ぎる表現があちこちに見え、しかも新聞発行後の責任についても問われることは当然であった。にもかかわらず、『全南毎日新聞』の社会部長は、光州で市民が死んでいるというのに、詩を掲載することは問題にならないと判断し、編集会議で金準泰の詩を掲載することが決定されたわけである。

二日午後、いよいよ新聞は発行された。だが、その『全南毎日新聞』の一面に金準泰の詩は三十三行しか掲載されなかった。詩の題目も「ああ、光州よ！」になっていた。当然戒厳軍による検閲によるものだった。

当時、『朝鮮日報』『東亜日報』などは、光州を「無政府状態」と見て、光州市民を「暴徒」「北朝鮮のスパイ」と表現する記事を書き、さらに「戒厳軍、光州掌握」という見出しを付けたのみならず、「軍の労苦を私たちは忘れてはならない」という社説も書いていたので（『朝鮮日報』五月二十八日付）、どれほど言論が権力に振り回されていたかいうまでもない。

そんな時に、『全南毎日新聞』は少なくとも光州市民に真実を伝えようとして金準泰の詩を載せたものの、戒厳軍の赤いペンで相当部分が削除されたわけである。それだけではなく、『全南毎日新聞』の編集局は戒厳軍の急襲で何人かの幹部と記者が連行された。金準泰も逃亡生活をしなければならなかった。金準泰は当時の状況を振り返ってこう述べる。

当時新聞を発行する前に戒厳軍の検閲を受けなければなりませんでした。新聞社から道庁に行って検閲を受けてきたが、全体一三〇行の中、三十行だけが載りました。検閲を受けに行ったある部長が「この人を捕まえよう」という検閲官の言葉を聞いたと言い、はやく身を隠せと忠告してくれました。新聞が出るのを見てから立とうとしましたが、ゲオルギウの『二十五時』に出る「機鋒をそらせ」という言葉が思い出され、光州から離れました。ゆかりのない地を回りながら二十五日間逃亡生活をしました。ところが子供たちに会いたくて六月二十五日家に寄ったところ、ただちに逮捕されてしまいます。花亭洞の保安隊に連行され、二カ月間閉じ込められてリンチと虐待を受けながら苦しめられました。彼らが学校に辞表を出せと強要したので、三通の辞表を出して失職者となりました。

（『全南日報』二〇一五年一月十六日付）

検閲を受けた『全南毎日新聞』
（1980年6月2日付）

戒厳軍は六月二日の『全南毎日新聞』一面と三面の記事を赤いペンであちこち削除し、修正を加えた。「死の距離に太極旗翻る」、「家主のいない小さい店で物を買った人のお金が発見」、「献血の道で悲劇に出会ったある女子高校生」などの題目と記事はなくなった。光州の現状をありのままを反映した言葉だったからである。

しかし、歴史の真実と正義はその沼

を貫いて守られるものだろうか。新聞社のだれかが検閲前の『全南毎日新聞』（六月二日付）の原本を抜き取り、十万部を印刷して光州市内に撒き散らした。これがハーバード大学の David R. McCann 教授によって「Gwangiu, Cross of Our Nation」という題目で翻訳され、ＡＰ・ＵＰＩ・ロイターなどに紹介される契機となったのである。

ああ光州よ、我が国の十字架よ

ああ、光州よ無等山よ
死と死の間に
血涙を流す
我々の永遠なる青春の都市よ

我々の父はどこに行ったか
我々の母はどこで倒れたか
我々の息子は
どこで死にどこに葬られたか
我々の可愛い娘は
またどこで口を開けたまま横たわっているか
我々の魂魄はまたどこで
破れてこなごなになってしまったか

神様も鳥の群れも
去ってしまった光州よ
しかし人らしい人達だけが
朝晩生き残り
倒れて、のめってもまた立ち上がる
我々の血だらけの都市よ
死をもって死を追い払い
死をもって生を探し求めようとした
ああ痛哭だけの南道の

不死鳥よ、不死鳥よ、不死鳥よ　（略）

（本書一四頁に収録）

光州の状況と多喜二の場合

当時の光州の状況については『文炳蘭詩集　織女へ・一九八〇年五月光州ほか』（風媒社、二〇一七年）の解説、「文炳蘭と光州民主化運動」という節などにも詳しく述べているので、（また日本では「華麗なる休暇」や「タクシー運転手」という映画が紹介されているので）参照していただきたいのだが、実は昔から韓国には抵抗の歴史があった。だから韓国は、過去の出来事を教訓として学ぼうとする雰囲気がどこの国より強い。その過去の出来事が権力に抵抗する労働者、農民層のストライキや一般市民の闘争を通じて平和と自由の精神を勝ち取るための反乱の歴史を生み出していることはいうまでもない。

韓国は、実際そのような経験を持った国である。東学農民革命、反日義兵運動、光州学生運動、四・一九革命、光州民主化運動、六月民主抗争、そして最近の政権を交替に導いたキャンドル革命に至るまで、激変する社会情勢のなかで民衆はいかに生きるべきかと悩み続けてきたわけである。特に光州はその発想地である。なぜ全斗煥の勢力は光州に軍を送り、武力でデモを鎮圧しようとしたのだろうか。それは、光州が抵抗と蜂起の歴史を持っており、鎮圧に失敗した場合に大きな民衆運動に広がる可能性を恐れたからだろう。だからその鎮圧ぶりは形容できないほど厳しかった。日本でいえば、小林多喜二の時代を連想すれば、想像できるかもしれない。

もちろん多喜二の時代と五・一八の時代は、時空の視点から見ても、背景的な視点から見てもだいぶ掛け離れているといえる。しかし、一九二八年三月十五日天皇制の絶対権力と戦争反対をたたかって特高に検挙される多喜二らの姿に、自由・民主・正義を取り戻すため軍部独裁政権に抗議し、結局逮捕される光州民衆の姿が交差するのは意外なことではない。どうして我々を「盲目的抵抗勢力」とみなし、無法に社会から隔離し、弾圧するのか。警察のみならず兵力まで動員し、惨い仕打ちを繰り返す理由は何か。小林多喜二もそのような心境で帝国主義の強圧に抵抗し、たたかい続けたのだろう。多喜二らの、苦しみながらもゆるぎない闘争、そして民衆を制圧するために法律を改正して酷い弾圧とリンチを加えた権力。一九八〇年はじめの韓国の状況は、多喜二の時代と似通うところがあると思わざるをえない。軍部クーデター勢力に屈服せず抗った韓国の一連の民主化闘争も、多喜二らが日本で反戦平和を声高に叫んだ時のそうした勇気と決意の下に行われた。しかし、クーデター勢力の反民主主義的強圧政治によって、多喜二時代の残酷極まりない弾圧と拷問は、隣国韓国でも同じく再現されてしまうのである。

いつも悲劇は突然起こる。日本で有名な一九二八年三月十五日の悪行も、田中義一内閣の不意の襲撃によるものであった。三・一五事件の弾圧の主体は悪名高い特別高等警察であったが、五・一八民主化運動の時には空挺部隊の軍が先頭に立った。当時、光州民主化運動を制圧した戒厳軍の空挺部隊は、敵の後方地域に展開し非正規戦を行う特殊部隊の一つだった。したがって軍の中でも、強い訓練と体力の練磨を通じて最強の戦闘力を持っていた。しかし、敵を制圧すべきその部隊が市民と学生を逮捕し、暴力を振るう役割を果たしていたわけだ。これをどうして悲劇でないといえるだろうか。

夜十時

闇の中に火柱が立っていた
果てしない叫び声　夜風の音
さらに残酷に起き上がって走る
愛と平和と自由の渇き
ああ、夜だった　火の消えた夜十時
虚しい死と死の中に
いっぱい盛り込まれ渦を巻く
あの歴史に対する明白な真理の確認
闇の中に壊れたラジオと
雪だるまのように凍りついた星の光が映っている
しかし人びとは決して卑怯ではなかった。

（本書一五八頁に収録）

市民の平和的なデモ行進は、目の前で私たちの友達や家族が軍にこん棒で叩かれ、銃に撃たれた瞬間、激化した。彼らの気持ちは「闇の中に火柱が立ってい」るようなものだったに違いない。国歌を歌う非武装の市民に発砲する軍（一九八〇年五月二十一日）に抵抗しない者がいるだろうか。光州市民は国を守る軍のために税金を払っていた。それなのに軍が民主主義を叫ぶ自分たちに銃を発射するとは、夢にも思っていなかっただろう。どうしてただ黙っていられようか。光州市民は「火の消えた夜十時」にも「愛と平和と自由の渇き」を解消するために憤然と立ち上がった。恐怖の中でも「決して卑怯ではなかった」わけである。

しかし、戒厳軍により市内バスは止まり、電話も不通になった。光州に入る道路や橋は封鎖され、外部の人々に連絡をとることも、援助してもらうこともできなかった。何より軍部の支配下にあったマスコミが、自発的な市民運動を「北朝鮮スパイの扇動による反乱」であるかのごとく伝えたことに、市民は激しい怒りを覚えずにはいられなかった。民主主義と平凡な日常を取り戻すため闘う市民の名誉を汚す報道であったからだ。

海苔巻きを作り、青年や市民軍に配る女性たちや、不足した品物を交換し合うのはもちろん、負傷者を助けるため献血する市民の行列が続いていたので、光州は当時共同体精神に満ちていたといえよう。しかし、戒厳軍はそのような市民に対して暴力を振るい、それに抵抗する人は連行して拷問までし続けた。五・一八民衆抗争の時の軍部勢力による惨たらしい拷問から、特高警察による多喜二らへの拷問を連想せずにいられないのもその理由からである。暴圧に反抗する市民の人権と自由を無差別な軍事作戦で踏みにじり、国家権力を掌握しようとした一部の軍人の無法な振る舞い。そして彼らの命令で、民間人と若い学生らは、ほとんど証拠もなしにデモ参加、あるいはデモ参加者と関連があるという容疑で殴られた。「非常戒厳だ」という理由で、また光州市民だというだけの理由で。

だから、光州市民の人権と自由を踏みにじったその軍部勢力の武力鎮圧は、治安維持法という口実で多喜二らを弾圧した帝国主義勢力と特高警察の無法な虐待を想起させる。多くの民主運動の闘士は連行され、暴力に苦しめられ、気絶した人もいれば、その拷問で身体障害者になった人もいる。しかし、そのような非人道的、非人倫的行為にも自分らの意思を諦めず、多喜二時代の無産階級、そしてそこに所属した労働者・農民や組合員らがたたかった闘争を、光州市民は一つになって軍部権力に向かって展開したのである。

そして、さらに注目したい点だが、多喜二の

国立5・18民主墓地の内部

『一九二八年三月十五日』のような作品には家族と運動の挟間で葛藤しながらも気丈に闘争を繰り広げていく人間としての苦悩がよく描写されている。実際に当時の活動家にはそのような苦しみがあっただろう。そういえば、五・一八民主化闘争のときにも革命闘士らは家族との葛藤で悩まされた。道庁を最後まで守るため少数の市民軍は、特攻隊が攻撃してくることを知りながら死ぬことを覚悟してそこに残ったものの、自分の家族が道庁前で待っている姿に動揺せざるを得なかった。しかし、彼らは家族の手を振り切って正義と民主主義を回復するため勝てない戦いに命を掛けたのである。このことに多くの市民はいかに辛い気持ちを抱いているか、言葉では形容できない。

詩人金準泰は当時の光州にいたので、だれよりも光州の状況をよく知っており、だれよりもその悲惨な光景を心苦しく思っていた。『僕は神様をみた』（一九八一）、『クックパプと希望』（一九八三）、『火か花か』（一九八六）、『五月から統一へ』（一九八九）などの詩集は、民主化の歴史を振り返って光州の詩人としていかに生きるべきか、光州の平和精神と民主の価値を守るためにはどうするべきか、と悩む彼の絶え間ない苦悩と、この地に二度と生命を破壊する武力は許せないという、彼の熾烈な闘いぶりを描写している。本書に収録した半分以上の詩も、光州民主化運動をメタファーとして表現した作品群である。

五月から統一へ

金準泰が詩人趙泰一の創刊した文芸雑誌『詩人』に「作男」ほか五編の作品を発表し、文壇にデビューしたのは一九六九年だった。かれこれ五十余年が経っている。かつて文学評論家金治洙は「金準泰の詩を読むと、異常な感動を覚えることになる。彼の詩には私たちが思い出として大切にしている農村生活の持つ粗悪な暮らしの真実性と、私たちが一般的に（これは生きることではないと）思う都市生活の持つ洗練された暮らしの虚構性が同時に露出されている」（『僕は神様を見た』の解説より）と述べたことがある。金準泰の初期詩の世界は、こういった農村の純粋さや故郷のイメージといった充実した方向を向いていたと言ってよかろう。

しかし、その農村と故郷のイメージは、社会的雰囲気や歴史的出来事に自覚的な方向に進んでより具体化されていった。「彼の詩の特徴は詩人の念願を観念的に提示するのではなく、具体性を確保している点にある。すなわち彼の詩は一般的に日常的なことから出発して社会的な視野に拡散する方式や、幼い時の思い出から歴史的流れの脈を取る方式を通じてしっかりした歴史意識をみせている」（権寧玟）という評などに耳を傾ける必要がある。一方、柳讃烈は「正直の詩学―金準泰論―」（『ウリ文学研究』三十号、二〇一〇）で、「正直の詩学が金準泰の詩の核心的な資質と特徴である」ことを明らかにしたうえで、その具体的な項目として「一、詩の対象が民衆の現実である」、「二、詩の精神は他人の情緒、他人の思想、他人の痛みではなく、私たちの情緒、私たちの思想、私たちの痛みである」、「三、詩作の方法は正直で真率な言語による」という点を取り上げている。金準泰の詩は、農村の日常と自然そのものを素材とする場合が多く、偽善的な表現や作為的な書き方では到底作り上げられないものである。そこに金準泰の詩の独自性を見出すことができると見て差し支えなかろう。

ところで、何といっても彼の名が知られる契機になったのは、光州の悲劇を描いた抵抗詩を新聞に掲載したからであり、彼にとって光州民主化運動は一生のテーマである。哲学者妻信珠は「詩人が考えていた真の民主主義、あるいは生の様式ははたしてどのようなものだっただろうか。どのような生の様式が到来すればこそ、光州のトラウマが治癒できると見たのでしょうか」（『畑の詩』の解説より）と疑問を提起し、この疑問が金準泰の生涯の「話頭《テーマ》」であり、彼が光州民主化運動以降も何十年間未来に対する希望を持てるような世界を模索してきた点を指摘した。

その模索の終点が民族統一であることについては強調するまでもない。日本植民地支配期・太平洋戦争→韓国の独立（八・一五）→韓国戦争（六・二五）→ベトナム戦争→光州民主化運動などを通じて多くのトラウマを抱えた彼にとってもっとも切実な課題は民族統一であるのだ。様々な戦争を経験しているからこそ、だれよりも戦争の悲惨さ、生命と平和の大切さについて知り尽くしていると言えるだろう。南北分断の壁が崩れ、戦争の危険がなくなる日こそ、そのトラウマを克服して「歴史の勝利」「人間勝利」を掴むことができると思う理由がここにある。金準泰は次のように叙述している。

「平和統一」は今の時代のキーワードであり、

コインの裏表とも言えます。韓半島で起きているほとんど全ての悲劇の原因は、「分断」によることを重視して、生命尊重、平和、団結に向けた方向に変えるとともに、変化の意味にフォーカスを合わせなければなりません。ここには共同体の哲学に基づいた動きが伴わなければなりません。

（「韓中日YMCA平和フォーラム」での講演）

南北首脳会談の記事が載った新聞を見せる金準奏（2018年4月28日）

彼も光州で暮らしながら詩作活動をし続けてきたので、光州の先輩詩人文炳蘭と同じく、二つに分かれた韓半島が一つになる瞬間、光州民主化運動（一九八〇年五月）の共同体精神は実を結ぶと見ているわけである。彼が最近『双子のお祖父さんの歌』という詩集をはじめ、統一への念願を表現した詩を発表し続けているのはそのような根拠による。金準泰は双子の孫の姿からも「世界唯一の分断国家である南と北をふと思い出した」。そして「背中の肩の上に孫たちを乗せて遊んでやりながら、私はもしかしたら、心の中では泣いていたかもしれない」と語っている。七〇歳の年齢に達した光州の詩人に民族統一は絶対の課題であるのである。

　五月から統一へ

ぼくらは行っている
無等から白頭まで
五月から統一のその日まで
昨日のようにきっと明日のように
思いを晴らし魂を慰め

ぼくらは行っている
甲午年の白衣を着て
鬼火、ヨモギの茂った淵を越え
あの山鳩、つつじの山川を越え

ぼくらは行っている
生殺しの歴史を貫いて
奪われた真っ暗い夜を貫いて
父が呼ぶ解放のくにへ
母の呼ぶよい世のくにへ
ぼくらは行っている
歌を探すべき人たちと一緒に
大地の子として生まれ変わる隣人たちと
一緒に
山なら共同体の山を越えて
水なら共同体の水を渡りながら
ぼくらは行っている。

（本書一五三頁に収録）

［著者略歴］

金準泰（キム・ジュンテ）

1948年、韓国全羅南道海南生まれ。1969年、月刊誌『詩人』を通じて文壇デビュー。高等学校の英語・ドイツ語教師を経て、『全南日報』と『光州毎日』で文化部長、経済部長を務める。韓国作家会議の副理事長、5·18記念財団の理事長（第10代）を歴任、朝鮮大学文学創作科で招聘教授として在職した。現在は著述活動と市民対象の文学講座に励んでいる。

詩集に『ゴマを投げ打ちながら』『僕は神様を見た』『クッㇰパㇷ゚と希望』『火か花か』『五月から統一へ』（版画詩集）『ああ光州よ、永遠なる青春の都市よ』『刀と土』『統一を夢見る悲しい色酒歌』『花が、もはや地上と天を』『ああ光州よ、我が国の十字架よ (Gwangju, Cross of Our Nation)』（英訳詩集）『双子のお祖父さんの歌』『畑詩、インゲン豆』等がある。

［訳者略歴］

金正勲（キム・ジョンフン）

1962年、韓国生まれ。韓国・朝鮮大学校国語国文学科を卒業後、日本に留学。関西学院大学大学院文学研究科で学び、博士学位取得。韓国の視点から日本文学を読むことに励み、さらに文化の社会的役割を意識しつつ日本文化を韓国に、韓国文化を日本に紹介することに専念している。現在、全南科学大学副教授。

著書に『漱石 男の言草·女の仕草』（和泉書院）、『漱石と朝鮮』（中央大学出版部）、訳書に『私の個人主義 他』（チェク世上）、『明暗』（汎友社）、『戦争と文学』（J&C）、『地底の人々』（汎友社）、『新美南吉童話選』（KDbooks）、『文炳蘭詩集　織女へ／一九八〇年五月光州 ほか』（共訳、風媒社）などがある。

装幀◎澤口　環

光州へ行く道　金準泰詩集

2018年10月30日　第1刷発行　（定価はカバーに表示してあります）

著　者　金準泰

訳　者　金正勲

発行者　山口　章

発行所　名古屋市中区大須 1-16-29
振替 00880-5-5616 電話 052-218-7808
http://www.fubaisha.com/
風媒社

＊印刷・製本／モリモト印刷

乱丁本・落丁本はお取り替えいたします。

ISBN978-4-8331-2103-3